KB093551

푸른사상 시선 130

유랑하는 달팽이

푸른사상 시선 130

유랑하는 달팽이

인쇄 · 2020년 7월 27일 | 발행 · 2020년 8월 3일

지은이 · 이기헌
펴낸이 · 한봉숙
펴낸곳 · 푸른사상사

주간 · 맹문재 | 편집 · 지순이, 김수란 | 마케팅 · 김두천
등록 · 1999년 7월 8일 제2-2876호
주소 · 경기도 파주시 회동길 337-16(서패동 470-6) 푸른사상사
대표전화 · 031) 955-9111(2) | 팩시밀리 · 031) 955-9114
이메일 · prun21c@hanmail.net / prunsasang@naver.com
홈페이지 · http://www.prun21c.com

ⓒ 이기헌, 2020

ISBN 979-11-308-1691-3   03810
값 9,000원

푸른사상
시선

130

유랑하는 달팽이

이기헌 시집

푸른사상
PRUNSASANG

이번 시집을 내기까지 참 긴 시간이 필요했다.
표현하고자 하는 목표는 있었는데
그곳으로 가는 길이 그리 순탄치만은 않았다.
쉬운 언어로 시를 구현한다는 것,
그것은 나의 오래된 고집이었지만
한 발 물러나 상대의 눈으로 나를 바라보았을 때
내 작품의 평범성이 나를 힘들게 했다.
세월이 제법 흘러 내게도 깨달음은 있었다.
비록 시가 못나고 투박할지라도
머뭇거리지 말고 떠나보내야 한다는 거였다.

2020년 7월
이기헌

| 차례 |

제2부

제3부

제4부

제1부

양은 냄비

나를 함부로 다루어도 된다고
집어던지고 찌그러트려도
할 말을 못 하는 벙어리 냉가슴
남들처럼 우아한 모습으로
당신의 밥상에 다소곳이 앉아
나름대로 풍류를 즐기고 싶지만
태생이 그것과는 거리가 멀어
주방 깊숙한 곳에 내동댕이쳐진 내가
아름답지만은 않다는 것을
요즘은 새삼 뼈저리게 느끼는데
시커멓게 그을린 내 모습이
어쩌면 그리도 가슴 시리게 하는지
혹여 그로 인해 마음 한구석이
구멍이라도 나는 날이면
가차 없이 재활용품에 버려져
툭툭 차는 발길질에 뼛속 깊이 섧다

유랑하는 달팽이

해남에서 온 채소를 다듬다가
잎사귀 사이로 웃으며 걸어 나오는
달팽이 한 마리를 만났다
깜짝 놀라 일손을 멈추었지만
조금은 귀여운 몸짓에 안도하며
나 또한 눈웃음으로 화답했다
제 몸보다 큰 배낭을 짊어 메고
조심스럽게 내 앞으로 다가와
도시를 유랑 중이라며 일박을 청했다
나는 배낭 속 소지품이 궁금했지만
달팽이는 끝내 보여주지 않았다
하루하루 지루하던 식당이
배낭 멘 여행객으로 생기가 돌았다
농수산물 시장을 둘러보고
싱싱마트를 경유해 왔다는 달팽이는
주방 구석에 마련된 숙소에서
하루의 고단한 여정을 마무리했다
다음 날 출근한 나는 여행객에게

며칠 더 머물다 가라고 요청했다
그러나 벌써 또 다른 여행지로
떠나갈 준비를 하고 있었다
도시의 개천을 둘러보고 싶다고
넌지시 도움의 손길도 내밀었다
주방 아줌마가 챙겨준 간식거리를
비밀의 배낭에 꼼꼼히 챙긴 다음
식구들과 작별 인사를 나누었다
나는 개천까지 잘 배웅해주었다

개미굴로 출근하다

분주하게 오고가는 출근 시간
집을 나선 나는 딱히 갈 곳이 없다
지하철역 입구를 서성거리다가
길가 보도블록에서 걸음을 멈춘다
꽤나 흥미로운 행렬이 오가는 중이다
개미 왕국으로 가는 페로몬 길
문득 좋은 일이 있을 것만 같다
나는 사람의 탈을 벗어버리고
부지런한 일개미로 변신한다
그 낯선 오솔길을 따라
조심스럽게 왕국으로 들어간다
눈앞에 활짝 펼쳐진 개미 나라,
일개미들은 끊임없이 일만 하고
여왕을 위한 역정은 끝이 없다
노동에 지친 개미들이 병들어 쓰러지면
청소개미들이 어디론가 실어 간다
그래도 여기는 할 일이 있어 좋다
시름을 잊고 하루 종일 일하다가

틈틈이 구석구석을 구경하고 다닌다
날이 저물어 집이 그리워지면
여왕의 애장품 하나 슬쩍
품에 감추고 굴 속을 빠져나온다
서둘러 사람의 옷으로 갈아입고
콧노래 흥얼거리며 퇴근한다

절뚝발이 비둘기

길모퉁이 허름한 밥집에 들어가서
때늦은 점심식사를 한다
한참을 정신없이 먹고 있는데
발이 불구인 비둘기 한 마리가
입구에서 식당 안을 기웃거린다
밥을 먹고 있는 동안 내내
문 앞을 떠나갈 줄 모른다
절뚝거리며 안쪽을 엿보는 꼴이
배가 고파 먹이 좀 달라는 눈치다
어쩌다 눈이 마주치기라도 하면
살짝 문 옆으로 피했다가
총총 나타나 고개를 갸우뚱한다
한쪽 발은 발가락이 잘라져 나갔지만
눈빛은 또릿또릿 생기가 돈다
밥 한 상 해치우고 일어설 즈음
주방에서 왼다리가 불편한
찬모 할머니가 절뚝거리며 나온다
먹이를 한 주먹 던져주고는

—짐승이나 사람이나 때 되면 먹어야지

중얼거리며 주방으로 사라진다

종점다방

수유리에는 오래된 종점다방이 있다
사십 년 넘게 버스 종점 앞에서
주인이 몇 번 바뀌었는지 모르지만
하루도 쉬는 날 없이 영업을 해왔다
십여 년 전부터는 동네 곳곳에
프랜차이즈 카페들이 줄지어 들어서고
사람들은 언제 저 종점다방이
영업을 그만둘 것인가에 대해서
숱한 말들을 흘리며 의견이 분분하였다
예상대로라면 곧 문을 닫아야 했지만
몇 년이 더 지나도록 종점다방은
망하지 않고 굳건히 버티고 있었다
그사이에 시설을 새로 했다거나
시대에 맞게 변화를 준 것도 아니었다
외로운 냄새로 가득한 지하에서
옛날 방식 그대로 손님을 맞아들였는데
늘 갈 곳 없는 남자들이 모여들어
어두컴컴한 불빛 아래에 죽치고 앉아

왕년의 잘나가던 시절을 회상하거나
나이 든 주인 아줌마와 농담 따먹기를 하며
지루한 시간들을 흘려보내곤 하였다
그 옛날 만남과 설렘의 종점다방은
측은한 군상들의 놀이터가 되어 있었다

소화제를 먹으며

도무지 소화가 되지 않는다
길거리 약국에 들어가서
소화제 한 알 물약 한 병을 사들고
단숨에 마셔버린다

그랬다, 오래전부터 나는
끊임없이 먹어대기만 했다
짜장면 곱빼기, 보신탕, 추어탕
그리고 끝없이 솟아오르는 욕망까지도

소화되지 않는 배를 움켜잡고
불안에 떤 날들이
내 식욕의 날만큼 길어갔다
그래서 찾아다닌 약국이 얼마나 많았던가

다 토해내야 한다
깨끗이 비워버려야 한다
그러면서도 찾은 약국에서

오늘이 마지막이라고 다짐하며

소화제를 꿀꺽 삼켜버린다

버스 정류장에서

하루 종일 버스는 왔다가 갔다
그리도 손쉬운 일이 내게는
왜 일어나지 않는 것일까
목적도 없이 정류장 앞에 서서
왔다가 가는 버스를 바라만 본다
사랑도 슬픔도 그리움도
끊임없이 왔다가 가는 광경을 지켜본다

나는 늘 떠나는 일이 두려웠다
다가와서는 금세 떠났어야 할 순간을
오래도록 놓치고 살아왔다
떠나간다는 것이 마치 삶의 끝인 양
한곳에 오래도록 머물러 있었다

어둠이 내릴 때까지 정류장에서
내 영혼에 설 버스를 기다렸다
간절한 바람이 가슴속에 있었지만
혁명은 일어나지 않았다

버스는 일상처럼 다가와서

사람들을 자유롭게 내려주고

타려는 무리를 남김없이 받아주었을 뿐이었다

고달픈 어미 고양이

시장통 후미진 물건 더미 속에
새끼 네 마리를 낳은 고양이는
온종일 눈코 뜰 새 없이 바쁘다
하루가 어떻게 가는지도 모르게
정신없는 시간을 보낸다
먹이를 찾아다니는 모습을 보니
복스럽던 얼굴이 반쪽이 되었다
마음이 불안해 멀리 가지도 못한다
좀 수상스러운 기운이 돈다 싶으면
다급히 새끼를 물고 거처를 옮긴다
틈만 나면 조심하라 다독였는데
새끼 한 마리가 로드킬을 당한 뒤로
어미는 부쩍 어깨에 힘이 빠졌다
애처로움에 손을 내밀어보지만
눈길 한 번 주지도 않고
잽싸게 자동차 밑으로 숨는다
육신이 고달파 서러울 때면
집 나간 서방이 조금은 생각나도

애당초 티끌만큼도 기대하지 않았다
태어나고부터 운명이라는 말을
가슴에 숙명처럼 새기고 산다

화살표

나는 쫓아간다

명령에 따라 움직인다

개찰하는 곳 ↘

카드를 대는 순간

페로몬의 세계로 빨려 들어간다

차 타는 곳 →

꼼짝없이 정해진 지점에 멈춰 선다

기다리는 동안은 통제를 벗어나

잠시 상상의 자유를 갖다가도

급히 달려온 열차에 서둘러 탑승한다

내 몸은 도시의 내부를 음미하며

하나의 목표만을 향해 날아간다

← 내리실 문

문이 열리자 나의 후각은

또 다른 방향을 감지한다

은은하게 풍겨오는 향기에 취해

환승의 터널로 진입한다

1호선 갈아타는 곳 ↑

웅성웅성 흔적을 쫓아 움직이는
무리를 묵묵히 따라간다
추억의 냄새가 밴 열차로 갈아타고
페로몬이 정지한 역에 내린다
나가는 곳 ↘
서둘러 개찰구를 빠져나간다
비로소 나는 자유의 몸이 된다

변종 왕거미 생태 보고서

왕거미가 돌연변이를 일으켰다고
아침 뉴스마다 속보로 뜬다
도시 속으로 잠입한 그들이
또 다른 재앙의 시작일지 모른다고
곤충학자들은 입을 모아 경고한다
나는 그길로 자리를 박차고 일어나
변종의 생태를 관찰하기 위해 집을 나선다
산허리를 깎아내서 지어놓은
오래된 아파트 옥상으로 올라간다
생명이 없을 것 같은 스산한 그곳
철골조로 지어진 거미집이 있다
조심스럽게 접근하는 순간
빌딩 하나가 툭 걸려든다, 왕거미가
잽싸게 튀어나와 먹이를 낚아챈다
춤추는 것 같은 현란한 발놀림으로
발버둥 치는 녀석을 휘어잡는다
신소재로 몸통을 칭칭 감아
근육 유연제를 주사한다

고단백질 속살을 게걸스럽게 빨아먹는다

서둘러 일을 치른 왕거미는

아무 일 없던 것처럼 시치미 뚝 뗀다

새로운 먹잇감을 물색하다가

곁에 있던 나를 흘끔 노려본다

화들짝 놀라 황급히 옥상을 탈출한다

거미의 돌연변이를 관찰하고 돌아온 밤

나는 왕거미 생태 보고서에

변종 왕거미의 습성을 자세히 기록한다

티라노* 타워

중생대로 설계된 티라노 타워에는
멸종의 시대가 층층이 쌓여 있다
일 층에는 트라이아스은행이 영업하고
출근길이면 가끔 그곳에 들러
별 볼 일 없는 날들을 정리한다
증권맨의 자부심을 고취시키며
쥐라기증권으로 출근하면
퇴적한 컴퓨터가 나를 기다린다
지독한 욕구로 로그인한 나는
백악기의 거대한 전사로 환생한다
어젯밤에도 공룡 꿈을 꾸었다
세상을 호령하는 재벌이 되어
빌딩을 박차고 날아간다
입사하던 날 세상은 푸르렀고
희망에 차 맺은 계약은 황홀했다
덧없이 청춘이 흘러간 지금
다이노스생명으로 쳐들어간다
멸종된 미래를 해약하겠다며

보험설계사와 실랑이한다
긴 한숨으로 저무는 오후
신생대 정신과 의원을 찾는다
－가슴이 두근거리고 잠이 안 와요
묵묵히 하소연을 듣고 있던 의사는
내 속을 살며시 들여다본다
－스트레스성 멸종증후군이군요
　처방전을 꼭 받아 가세요
나는 의사의 처방전을 들고
홀로세 스카이라운지를 향해
초고속 엘리베이터를 탄다
주인에게 처방전을 내민다
－시원한 생맥주와 오징어 땅콩
화려한 현세의 야경을 내려다보며
고단한 하루를 단숨에 마셔버린다

* 티라노 : 티라노사우르스

폐차장으로 가는 버스

낡고 초췌한 관광버스 한 대가
견인차에 힘겹게 매달려
폐차장으로 끌려가고 있다
안 간다고 가지 않는다고
온몸으로 발버둥치는 것 같다
녹색신호를 기다리고 있는
늙은 버스의 고단한 모습을
가던 길 멈추고 물끄러미 바라본다
초라해도 기골이 장대하다
드넓은 길을 질주하며
힘차게 세상을 호령했을 것이다
저보다도 작은 견인차에
힘없이 끌려가고 있는 버스는
자신의 모습이 짐짓 곤혹스럽다
버스는 깊은 상념에 젖어 있는 듯이
신호를 기다리는 그 짧은 순간
먼 산을 우두커니 바라본다
동해안을 달리던 시절을 회상하는 걸까

폐차장으로 가는 버스는

그 숱한 기억들을 가득 싣고 간다

마음정신과의원

우리 동네 마음정신과의원에는
우울증 걸린 의사가 진료를 본다
언제든지 찾아가기만 하면
시간이 남아도는 의사를 만날 수 있다
우리는 마주 앉아 많은 얘기를 나눈다
키우는 강아지가 영물이라든가
아이들 학교 성적은 어떤지 등등
친구들끼리 만나 허물없이 주고받는
지극히 일상적인 일들을 풀어놓는다
그가 이런 식으로 대화를 이끈다는 것을
너무나도 잘 알고 있지만
어느새 속마음까지 다 털어내고 만다
의사도 내게 고민을 이야기하듯이
자신의 일상과 잡동사니를 들려준다
그의 말 속에 숨은 어떤 은유를
스치는 바람결인 듯 취하곤 한다
그는 나의 상태를 파악하고 있지만
겉으로는 절대 내색하는 법이 없다

나의 편안한 주절거림 속에
숨겨져 있는 아픔을 만지작거리면서도
섣불리 끄집어내려 하지도 않는다
마음속 깊은 외로움의 실체를
내 안에 적절히 간직하도록 도와줄 뿐이다
그러고는 약이 필요가 없는
나만을 위한 처방전을 써준다

측은지심

개업 날에 받은 화분 몇 개
가을이 가는 문밖에 나란히 서서
힘없이 고개를 숙이고 있다
몇 년 동안 정성껏 돌보았지만
이래저래 장사가 안 된다는 이유로
한참을 잊고 있다가 어느 가을날
그 몰골들을 보고야 말았다
물을 준 지도 언젠지 모르겠다
목마름에 축 처진 이파리들
올해는 누굴 주든지 뽑아버리든지
여름 내내 구시렁거리며 지내왔다
겨울철 실내에 두어야 하는 것이
내심 귀찮고 꾀가 난 까닭이었다
그런데 추위가 가까워오는 늦가을
문득 바라본 말라비틀어져가는
잎사귀들이 나를 심란하게 한다
화분마다 흠뻑 물을 주고 나니
언제 시들했었냐는 듯이 생생해졌다

나를 보고 고맙다고 말하는 듯

방긋방긋 웃는 모습이 예쁘다

비좁은 실내에 그들을 위한 자리를

올겨울도 마련해야 할 성싶다

냉장고를 정리하며

숨겨진 내면을 보려고 거울 앞에 선다
단절의 문을 열고 내 속을 들여다본다
온통 뒤죽박죽된 상념들이 가득하다
나는 내 안을 정리할 수 있을까
버리지도 못하고 쌓아두기만 한 구태들이
서로 뒤엉켜서 혼란스럽다
정작 필요한 소재들은 파묻히어
적절히 찾아 활용하지도 못한다
늘 나를 다잡아야 한다고는 생각하면서도
게으른 나날들만 가득 쌓이고 말았다
의미 없는 조각들을 끄집어내어
기억이 희미한 것들을 몽땅 버린다
이것은 도대체 어디서 온 혼돈이란 말인가
그저 묵묵히 이런 나 자신을
받아들일 수밖에 없었던 처지를
한껏 변명의 말로 다독여 볼 뿐이다
오늘은 내 삶의 스위치를 잠시 꺼놓고
한나절에 걸쳐서 마음을 추슬러보지만
언젠가는 또 혼란스러운 날이 올 것이다

제2부

눈을 치우며

눈을 치운다
도시 골목길에 내린 눈을 치운다
쓰레기 더미 위에 밤새도록 내린
눈을 치운다

지저분한 욕망을 다 덮어버리겠다고
밤사이 몰래 내린 눈을
아침나절에 가차 없이 치운다
알 수 없는 공명심에 사로잡혀
도시를 몽땅 표백시키겠다는
그 어떤 생각을 깨끗이 지운다

시커먼 마음으로 하얗게 웃고 있는
눈을 치운다

저녁기도

사람들은 해 지는 저녁 언덕에
삼삼오오 모여 앉아 있었다
더러는 아파트 베란다에 기대어
사그라지는 저녁노을을 바라보고 있었다
그날 하루의 일과에 대해서
서로는 어떤 논쟁이나 언급도 없었다
마치 노을은 어떻게 태어나서
어디로 사라져버리는가를
탐구라도 하는 듯 먼 미지를
잔잔한 눈빛으로 바라보고 있었다
뛰어노는 아이들 목소리가
조금씩 작아져가는 저편으로부터
땅거미가 절대자처럼 다가오고 있었다
석양으로 가는 차들은 하나둘씩
참회의 빛을 밝히기 시작했다
고단한 삶을 보듬기라도 하듯
사람들은 밤의 행성으로 피정 가고 있었다

건조주의보

그해에는 생일 케이크도 받지 못했다
오후 내내 책상 앞에 앉아
알 수 없는 허전함만 뒤적거렸다
아들은 방과 후 곧바로 학원에 갔다
밤늦게 들어와 수강료 청구서를
삐쭉 내밀고 자기 방으로 사라졌다
틈나면 붙어 다니던 친구들과는
메시지만 몇 번 주고받았을 뿐
언제 모일 것인지 통 기약이 없었다
꿈에 만난 손녀가 보고 싶다고
모처럼 어머니가 전화를 하셨다
미역국 이야기는 꺼내지도 않았다
한껏 멋을 낸 아내가 외출을 했지만
어디 가느냐고 물어보지도 못했다
황사가 거대한 도시를 집어삼켰다
너도나도 마스크를 한 채 침묵했다

소멸의 시간

소멸의 시간은 당신으로부터 온다
어둠이 절망의 전부를 가져오는 것처럼
소멸의 기운은 당신의 영혼으로부터
나의 아픔을 소리 없이 휩쓸고 간다

소멸의 시간이 다가오면
어둠은 잠시 허공에서 머뭇거린다
구름 사이로 흐르는 그날의 마지막 빛을
아쉬운 듯 만지작거리다가
점령군처럼 도시에 내려앉는다

소멸의 시간이 지나간 후
세상에는 온통 기도의 시간만 남는다
모든 만물이 사라지고
지상에서의 간절한 애원이
어둠의 그늘에서 머무르다 사라진다

소멸의 시간은 당신으로부터 온다

기도의 시간

이제 기도의 시간이 다가왔다
지친 일상을 잠시 내려놓고
어둠이 물드는 도시의 뒷길을 걷는다

봄꽃이 지는 개천을 지날 때
나는 어떤 소원을 말해야 하는가
아직 한낮의 열기가 그대로이고
어둠과 더불어 펼쳐질 또 다른
도시의 화려한 세계가 시작을 알린다

오늘도 삶은 변함이 없고
고달픈 하루는 그칠 줄 모르는데
이 밤 기도의 시간은 짧기만 하다

거룩한 시간이 지나가면
나 또한 휴식이 없는 도시의 일터로
서둘러 달려가야 하거늘
희미하게 빛나는 하늘의 별빛은
마음 깊숙한 곳을 서성거린다

진눈깨비

갈피를 잡을 수 없었다
내 안의 일상은 수북이 쌓여 있는데
넋 놓고 먼 하늘만 바라보았다
오후가 지날 무렵 집을 나와
발길 가는 대로 무작정 걸었다
마침표 없는 생각들이 머릿속을
미로처럼 가득 메우고 있었다
낙엽이 떨어진 길을 따라서
혼돈의 출구를 찾을 수 있지 않을까
기대하며 한 발 한 발 걸어갔다
저녁노을이 멀리서 물들어가고
걸어온 길은 쓸쓸히 저편에 머물렀다
뒤엉킨 심정을 뒤로한 채
되돌아가는 발걸음은 허전했다
어둠이 물들어가는 아스팔트 길 위로
진눈깨비가 추적추적 내리고 있었다

흘러가는 도시

버스가 노을 진 도시를 달려가는 것처럼

오늘 하루도 홀연히 흘러간다

빌딩 숲 사이를 날아가는 새처럼

내일 하루도 쓸쓸히 사라질 것이다

도시를 응시하는 눈가로

흘러가는 것들의 아우성을 보라

택시들은 알 수 없는 궤적으로

비 내리는 신작로 저편에 묻혀버린다

상인들은 다시 일어나 값비싼 꿈을 펼치리니

장마는 머뭇거리고 하늘은 침묵한다

노동의 열기가 바람처럼 불어와

처진 기운을 북돋아주고

퇴근 후 저녁 만찬을 꿈꾸게 하지만

그 밤 어둠의 터널을 불 밝혀주지는 못한다

공허한 시간을 간직한 무리들은

내일을 위한 기도문을 써내려가리니

지하철이 땅거미 내리는 도시를 달려가는 것처럼

사람들 추억도 쉼 없이 흘러간다

148번 버스를 타고

무작정 어디론가 떠났다
한 번도 타보지 않은 버스에 몸을 싣고
도시의 밤으로 헤엄치듯 흘러갔다
방랑자로 세상을 떠돈다 해도
나는 이 버스의 종점을 알지 못한다
나의 의지대로는 지워버리고
그냥 흘러가는 삶은 없을까
내가 아는 익숙한 장소가 아닌
전혀 머무르지 않았던 곳에서
도시의 밤은 또 어떤 꿈을 꿀까
다행히도 버스는 어둠을 머금을 줄 안다
그리움이 그리도 짙은 것이었기에
어둠을 뚫고 달리는 심정은
하늘에 고스란히 별이 된다
별은 쏟아져 내릴 때 아름다운 것
나는 그 순간을 영혼으로 가득 담는다
버스는 내가 알 수 없는 곳을 지나
영원의 공간을 고이 간직하고

아무 일도 없었다는 듯이
내 보금자리로 돌아오리라

구토

카프카의 소설 속을 헤매다가
추억의 거리에 와서 술을 마신다
오랜 세월 헤어날 수 없었던
지워지지 않는 기억들을 마신다
희미한 흔적들을 잊으려 해도
샘솟는 슬픔의 원천은 내 안에 있고
긴 밤을 먹어대고도 영혼은
기쁨으로 채워지지 않는다
어둠을 달랠수록 밤은 깊어가고
일상을 까마득히 잊어버린 채
노래방에서 고래고래 소리를 지른다
꿈처럼 가물가물 멀어져가는 밤
이별 같은 쓸쓸함이 몰아쳐 온다
친구들은 하나 둘 흩어져갔다
비틀거리며 걸어가는 골목길
가로등이 마지막 남은 친구가 된다
은은한 눈빛으로 나를 받아주는
그의 포근한 가슴에 기대어
숱한 외로움들을 몽땅 털어놓는다

박쥐

너의 일상이 헛되거든
동굴 속으로 들어와 거꾸로 매달려봐
거꾸로 잠도 자고 새끼도 기르고
오로지 촉감에 의지한 채
바닥으로 머리를 두고 살아봐
하루 종일 천장에 매달려
어둠에 절인 몸뚱아리로
밤하늘을 힘껏 날아오르면
음파를 타고 자유로워질 테니까
지독한 추파를 허공에 날려봐
촉각으로 감지되는 사물을 느껴봐
너의 눈을 퇴화시켜버리면
세상은 더 밝게 빛나리니
또 다른 진리가 매달려 있는 곳
용기 내어 들어와 안식을 취해봐
삶이 똑바르지 않다고 가슴 졸이지 마
어둠 속에 거꾸로 서서
세상을 한번 내다봐
인생을 바라봐

빈방

당신은 가끔씩
당신을 다 비우고
어디론가 훌쩍 떠나십니다
아쉬움에 젖어 있던 나는
당신이 방문을 잠그지 않는다는 것을
남몰래 알았습니다
애달픈 심정 잠시 접어두고
넓게 비어 있는 방을
조용히 열고 들어갑니다
고요하고 적막한
당신의 바다에 깊이 빠져
홀로 행복에 휩싸입니다
그렇게 오래도록 머물고 싶었지만
나는 그럴 수 없습니다
당신은 곧 바람결처럼
돌아오시기 때문입니다
허둥지둥 밖으로 뛰어나와
당신으로 가득 채워지는 빈방을
멀찌감치 서서 바라봅니다

출근열차

힘차게 달려가고 있습니다
쭉쭉 뻗은 아침을 달려가고 있습니다
타려는 사람들만 모여들 뿐
내리는 사람들은 하나도 없습니다
수염이 덥수룩한 중년 남자들
매연을 듬뿍 마신 가로수들
서로서로 타겠다고 아우성입니다
열차가 꿈으로 가득 채워졌을 때
저마다 고대하는 곳으로 쉼 없이 달려갑니다
내려야 할 역에서 열차가
멈추지 않고 지나칠 때마다
사람들은 환호성 치며 즐거워합니다
종착역을 박차고 나가
철길 없는 들을 달려가고 있습니다
그들만의 직장으로 달려가고 있습니다

천사를 만나러 갑니다

안녕하세요, 고객님
네온사인 휘황찬란한 밤입니다
수유리 천상의 밤까지는
어림잡아 십 분이면 충분합니다
차 번호가 천사라 하셨죠?
늘 동경만 하고 살아왔었는데
난생처음 천사를 모시네요
이 바닥 오 년 만에 맞이하는
지독히도 운 좋은 밤입니다
천사들은 어떻게 살아가는지
항상 궁금하게 생각했었죠
밤마다 사람들 주정이나 날라주는
기사와는 비교할 수 없겠죠?
당신들은 힘들고 지칠 때에도
자애로운 웃음을 짓는지
만나면 꼭 물어보려던 참이었어요
도무지 멀쩡한 인간 있어야죠
세월에 취한 사람만 만나왔으니

세상사 다 그런가보다 했지요

천사님은 분명 다르시겠죠?

안 그런가요, 천사님, 잠드셨나요?

1999

그때 난 멀리 피난 가 있었다
피할 수 있는 가장 깊숙한 오지였다
그렇게라도 하지 않았다면
나의 작은 존재마저도 숨쉬기 힘들었다
스스로는 피난이 아니라고 항변했을지라도
그때는 분명 쫓겨 가는 모양새였다

희망에 들끓었던 젊은 시절 나는
이상의 큰 산으로만 보였던
거대한 봉우리를 동경하며 살았다
그것이 눈앞으로 다가오면서
불안한 나날들이 마구 몰아쳐왔다
꿈꾸던 산 정상에 올라섰을 때
새로운 세상이 펼쳐지리라는 기대가 한순간
무너지는 것을 두려워했는지도 모른다

아직 갈라져 아물지 않은 상처들……
아무도 그런 것에는 마음 두지 않았다

사람들은 단지 지구의 종말에 대하여

삼삼오오 수군거릴 뿐이었다

당고개행 열차를 탄다

하루의 피로가 노을에 물들면
당고개행 열차를 탄다
도시의 열정을 간직할 줄 모르는 나는
그 밤을 떠도는 것이 유일한 기쁨이니
성큼성큼 달려오는 열차가 좋다
거침없이 다가와 두 팔을 벌리는
고독한 연인의 품에 몸을 맡긴 채
어둠의 은빛 물결을 건너간다
외로움에 지그시 눈을 감으면
허한 가슴 살며시 고개 숙이고
몸끼리 부딪치는 사람들 사이에서
홀로 행복에 젖은 시인인들 어떠랴
그리움이 조금씩 가까이 와도
내게는 종착역이 존재하지 않는다
맘 내키는 역에 홀연히 내려
오늘은 무엇을 꿈꾸고 또 얻었는가
어둠이 도시를 엄습해와도
당고개행 열차는 늘 내 안을 달린다

제3부

노송의 다비식

노송의 다비식에
소쩍새는 초대하지 마라
소문 듣고 기어이 참석하거든
결단코 소쩍새는 울지 못하게 하라

연기가 되어 사라지는
헛된 일생을 뒤돌아보지 말지니
구름 한 점 없는 하늘에
덧없이 흩어져가는 찰나를
굳이 붙잡으려 애쓰지 마라

평생을 함께 거닐던 친구도
때 되면 이내 떠나가버리고
남김없이 타들어가는 혼불에
눈물 한 줄 섞는다 해도 저승길은 외롭다

한 번은 타올라야 하는 이생이니
원 없이 불타버리게 하라

꽃 배달하는 할아버지

가슴이 불타오르던 때는 언제였을까
그 격정의 시절을 만나러
오늘도 붉은 장미 한 아름 안고
추억의 처소로 발걸음을 옮긴다
길게 늘어진 시간의 지하철을 타고
도시의 뜨거운 심장을 지나간다
까마득한 열정의 시절로 갈아타고
반갑게 만난 옛이야기와 동행한다
기억의 정거장을 헤아리며
무수한 세월의 마디를 지나가면
정녕 만나야 할 그리운 역은 존재하는가
분명 오래된 풍경이었을 텐데
마침내 도착한 아파트 단지 앞에서
회한의 시간은 멈추어버리고 만다
봄꽃 가득한 예쁜 뜰을 지나
조금은 작은 두근거림으로
누군가의 설렘을 수줍게 건넨다
─안녕하세요, 고객님
  사랑 듬뿍 꽃다발이 도착했어요

죽은 참새와 아이들

초등학교 앞 도로 위에
참새 한 마리가 납작하게 죽어 있다
학교가 끝나고 교문을 나서던
사내아이가 그 광경을 목격했다
아이는 죽은 참새를 살펴보고는
근처에 있던 친구들에게 알렸다
대여섯 명의 아이들이 몰려와서
죽은 참새 주위에 둥그렇게 섰다
어린 학생들이 그 모습 보고
충격 받지 않을까 걱정이 되었지만
어떤 동요도 목격되지 않았다
처음 본 아이가 상황을 얘기하자
참새의 비참한 죽음에 대해서
냉정하게 자신들의 생각을 말했다
참새가 미처 차를 피하지 못했을 거라고
나름대로 결론을 내렸다
단지 운이 없었을 뿐이라며
저마다 학원 버스를 타고 떠나갔다

나무 고아원

나무도 상처를 입는다
하늘 향해 자라던 나무가
이유도 모른 채 뽑혀 버려지면
나무도 가슴이 아프다

등이 휘어진 소나무에게
곁에 있던 느티나무가 물었다
너는 어느 곳에서 왔니?
소나무가 머뭇거리다 대답했다
나는 아름다운 언덕에 살았는데
어느 날 아파트 공사가 시작된 후
누군가가 여기에 데리고 왔지

나무 고아원에 날이 밝으면
안개 선생님이 나무들을 안아 깨워주고
바람을 닮은 예쁜 선생님은
원아들과 치유놀이를 한다
상처가 깊은 나무에게는

심리사 새들이 떼로 몰려와

집중적으로 치료를 해준다

나무 고아원에 날이 저물면

원아들은 별이불을 덮고 꿈나라로 간다

가을 친목회

할머니 다섯이서 모였다
낙엽이 소곤소곤 떨어지는 길을 따라서
친구들 모임에 나왔다
울긋불긋 가을 풍경도 참 아름답다고
식당 창가에 앉아 담소한다
그동안은 좀 소원했으니
앞으로는 자주 만나자고
자기들끼리 굳은 다짐도 한다
누군가가 손자 자랑을 하자
분위기가 한껏 솟아오른다
저마다 스마트폰을 꺼내놓고
손주 사진 보여주느라 분주하다
모두들 작정을 하고 나온 듯
바탕화면 사진은 손주 얼굴이다
우리 나이가 이렇게 되었다고
마주 보면서 호호 웃는다
내친김에 겨울 모임도 호출한다
눈 오는 멋진 겨울날 만나자고
철석같이 약속하며 헤어진다

아버지와 아들

걸음걸이가 불편한 아버지와
나이 지긋한 반백의 아들은
길모퉁이 식당의 오래된 단골이다
언제나 아버지를 부축하고 들어와
청국장과 고등어구이를 주문한다
아버지가 좋아하는 음식에 맞추어서
푸짐한 점심상이 차려지면
두 사람은 말없이 점심식사를 한다
간간이 어떤 대화가 오고 가지만
그들에게는 침묵이 더 어울린다
아들은 고등어를 먹기 좋게 발려
아버지 숟가락 위에 얹어드린다
손이 불편한 아버지는
떨리는 손으로 숟가락을 들어 올리며
아들에게 눈빛 이야기를 건넨다
표현은 별로 하지 않았지만
그들의 풍경은 그리 지루하지 않다

어느 택배 기사의 봄날

화창한 봄날이 내게 택배로 왔습니다
그것을 풀어볼 틈도 없이
아침부터 수많은 사연들을
한 차 가득 싣고 골목골목 누볐습니다
무슨 이야기들이 그리도 많은지
집집마다 숨 가쁘게 전달하고 나니
가슴 한구석에 공허함이 쌓입니다
저 멀리 스카이라인 너머로는
짙은 우울이 넘실대기 시작했습니다
적적한 마음 달랠 수 없어서
한적한 곳에 차를 세워놓고
아침에 배달 온 택배를 열어봅니다
그제야 꽃들로 활짝 핀 봄날이
조그만 상자 속에서 쏟아져 나옵니다
하던 일 그대로 내던져버리고
무작정 봄맞이하러 떠나고 싶은데
아직 차 안에서 차례를 기다리고 있는
저 설렘들은 어쩌란 말입니까

민들레의 꿈

세상천지가 넓기도 하건만
실금 간 콘크리트 바닥 틈새에
겨우 뿌리를 내렸다
외줄 타는 곡예사처럼
아슬아슬하게 꽃피운 민들레꽃
불어오는 봄바람에 흔들흔들
혼자만의 봄날을 이야기한다
회색빛 바닥에 희망을 뿌리내리고
노란 꿈 짙은 슬픔을 머금었다
드넓은 황야는 끝이 없고
찾아오는 날것들조차 드물다
외로움이 콘크리트 길에 드리워졌어도
희망의 끈을 놓지 않으리라
바람이 살랑살랑 불어오면
먼 곳에 민들레 무리가 그립다
예쁜 꽃 잘 여물어가는 날
꿈꾸는 솜방망이 날려 보내리라

까치집 정원사들

가로수를 가지치기하는
인부들의 일손이 돌연 멈추었다
나뭇가지 사이로 수려하게 지어진
까치집이 보였기 때문이다
서둘러 작업을 진행해야 하건만
인부들은 순간 고민이 깊다
전기톱의 스위치를 켜기만 하면
까치집은 나뭇가지와 함께
저 아래로 추락하고 말 것이다

자전거를 타고 지나가다가 나는
한낮의 낯선 광경을 지켜본다
밑에서 올려다보는 동료들도
서로 눈길을 주고받으며
아주 잠깐 침묵에 젖는다
이내 잘 숙련된 미용사처럼
까치집 정원의 지저분한 가지들을
정성스럽게 다듬어놓는다

말끔한 스카이 주택이 모습을 드러낸다

먼발치서 맘 졸이고 있던 까치 부부는
안도의 한숨을 쉬었을 것이다

매미

D-7

암흑의 긴 터널을 빠져나온다

눈을 뜨자 무성한 숲이 다가온다

서둘러 나무 위로 기어오른다

내가 있다고 힘겹게 외쳐댄다

D-6

아침 일찍 세상을 휘둘러본다

한 조각의 빛에도 눈시울이 젖는다

숲속을 마음껏 날아다닌다

친구들을 힘차게 불러 모은다

D-5

나는 어디에서 왔는가

얼굴도 모르는 부모가 그립다

무리를 벗어나 나 홀로 떨어진다

한나절 내내 소리만 질러댄다

D-4

나를 부르는 벗들에게로 돌아간다

보듬어주는 친구들이 마냥 정겹다

합창의 메아리는 숲속을 가득 메운다

지휘자도 없는 화음이 울려 퍼진다

D-3

그립다고 목이 터져라 질러댄다

간절한 내 노래에 응답이 왔다

숲속의 공주처럼 그녀는 다가왔다

사랑은 은밀하게 이루어진다

D-2

훌훌 털고 여유를 가져본다

삶의 끝자락에서 나지막한 노래를 부른다

또 다른 무리의 우렁찬 소리가 들려온다

나의 노래는 실바람에 묻혀버린다

D-1

나뭇등걸에 몸을 맡긴다

스르르 몰려오는 어둠을 느낀다

마지막 힘을 내어 고개를 든다

숲 사이로 보이는 파란 하늘은 참 상큼하다

떠돌이 개미

드넓은 콘크리트길을 따라
어디론가 정처 없이 가는 개미 한 마리
비옥한 땅도 없고
풀 한 포기 나지 않는 황량한 벌판을
땡볕 내리쬐는 한낮에
쉼 없이 헤매어 다니고 있다

그 많던 개미 무리는 어디로 갔을까
어쩌다가 길을 잃고 헤매는 것일까
흙냄새 나는 땅은 요원하기만 하고
발걸음은 갈피를 잡지 못한다
지치고 목이 말라도
멈출 수 없어 황야를 방랑한다

나는 쪼그리고 앉아 오랫동안
그 모습 유심히 살펴보다가
다리를 펴고 일어나 자리를 뜬다
더는 그의 방랑을 보지 말자고

마음속에만 지니자고 다짐하며
쓸쓸한 콘크리트 벌판을 떠나간다
영원히 세상을 떠돌아다니는
개미 한 마리를 고이 간직한 채

행복슈퍼

땅거미 지는 저녁 퇴근길
시내버스를 타고 집으로 향한다
창가에 앉아 창밖을 보다가
길가 한적한 모퉁이에 자리 잡은
조그마한 슈퍼마켓을 발견한다

행복이라는 이름이 붙여진
아기자기한 동네 슈퍼
버스가 그 앞 신호등에 멈췄을 때
홀로 기분 좋은 상상에 젖어든다

행복슈퍼에 가면 나의 행복도
어느 한구석에 진열되어 있을까
시내버스는 무심하게 스쳐 가고
행복이 사라진 저 길 너머로
지는 하루는 한없이 허전하다

나는 지친 몸 차창에 기대놓고

서둘러 행복슈퍼로 달려간다
나만의 오밀조밀한 행복들을
저렴한 값으로 한 아름 사서
기쁨 가득 담아오는 꿈을 꾼다

고양이 통장

입주가 끝난 아파트 지하주차장에
도둑고양이가 뒤늦게 입주했다
순찰하던 경비 아저씨가 발견하고
강제로 퇴거시키려 했지만
자신도 분양받은 입주민이라며
맞짱 뜨고 으름장을 놓는다

고양이는 며칠이 지나지도 않아
지하 주차장에 왕국을 건설했다
밤이 오면 정렬된 승용차 앞을 지나며
홀로 열병식을 펼친다
마음이 더 가는 차에게는
고독한 수컷 향 훈장을 수여한다

어느새 엔진 소리만 들어도
누가 출근하고 퇴근하는지
멀찌감치 떨어져서도 알아차린다
주민들과 제법 안면을 트고부터는

오다가다 마주칠 때마다
그날그날의 소식지를 나누어준다

가끔씩 바람 부는 날이면
그럴듯한 휴가서를 써놓고
화려한 외출을 하고 돌아온다

도토리나무

몽땅 토해내 놓고
속 시원한 듯 서 있다
그 나무 아래서
신나게 도토리를 줍는다

조금은 미안한 생각이 들어
도토리나무를 올려다본다
그 많은 도토리를 쏟아내 놓았는데
이 사람 저 사람 모두 주워 가
남은 것은 어느 돌 틈에 처박힌
말썽꾸러기 도토리 몇 개,
도토리나무는 그것만으로도
충분히 만족을 한다

배낭 가득 도토리를 짊어 메고
비탈길을 내려오다가
흘끗 뒤돌아서서 도토리나무를 본다
이렇게 훌쩍 가서 어떡하지 하니까
내년에 또 오라고 한다

봄나들이

자전거 타고 봄나들이 가네
지나간 겨울이 너무도 힘들었기에
너도나도 만나는 사람마다
넘실대는 봄에 대해서 이야기하네
도처에 봄꽃이 피었다고 합창을 하네
그런 함성 듣고 궁금해서
가게에 앉아 장사만 하고 있을 수 없네
오늘 빌어먹을 일 잠시 미뤄두고
햇살 쏟아지는 뚝방길 따라
자전거 타고 봄나들이 가네
달려가며 사방으로 눈길을 돌리니
비로소 보이지 않던 꽃나무들이 보이네
여기저기서 경쾌한 봄노래를 불러대고
내 안에도 꽃 한 무리 피어나네

제4부

봄 1972

어머니는 어둠이 채 가시지도 않은
어스름한 새벽녘에 밥을 지으셨다
한창 꿈속을 헤매 다니던 나는
은은한 밥 냄새를 맡고 잠에서 깼다
집 안을 휘감아 도는 향긋한 온기에
멍한 내 정신은 금세 해맑아졌다
유난히도 궁핍했던 유년 시절
하루하루가 힘겨운 날들이었지만
새벽 공기와 잘 버무려진 밥 냄새는
가난한 행복조차도 받아들이게 했다
식구라야 어머니와 나 둘뿐
단칸방에 부엌 하나 딸린 사글셋방에서
고단한 하루는 그렇게 시작되었다
어머니는 늘 밥상머리에 앉아서
밥 한술 더 먹으면 한낮이 든든하다며
위대한 교훈인 양 말씀하셨다
된장국에 밥 한 사발 비운 나는 학교로 가고
어머니는 청계천으로 물건 떼러 가셨다

울 엄마

우리 엄마 무지하게 똑똑하시던 울 엄마
나 초등학교 입학하고부터
학부모 회장이 되어 학교를 휘저으며
억척 엄마로 소문 자자하시던 울 엄마
막내아들 그림에 소질이 있다고
교실 환경미화 기간이 다가오면
게시판 잘 보이는 곳에 내 그림 붙여놓고
소심한 나의 기를 팍팍 살려주던
슈퍼우먼을 닮은 우리 엄마
어린 눈에 세상에서 제일 커 보이던
울 엄마 어느새 팔순이 넘어
주위 사람들 요양원 가라는 말에
죽어도 싫다고 손사래 저으시더니
구경 삼아 한두 번 발걸음 하시다가
심심치 않게 놀아주는 프로그램에 반해
그날로 아예 눌러앉으신 울 엄마
초등학교 입학한 아이처럼
방 안 가득 그림 솜씨 자랑도 하고

이 방 저 방 참견할 것 다 하며

날마다 하루가 짧다고 푸념하시는 울 엄마

이제는 내가 억척스런 학부모 되어

울 엄마 요양원을 부리나케 드나든다

목련꽃 피면

마을 어귀에 목련꽃 피면
웃을 줄 모르던 어머니
지그시 웃음 지으셨다
한참 동안 목련꽃 앞에 서서
어떤 생각에 깊이 빠지셨다
학교 갔다 돌아오는 길
목련꽃 앞에 계신 어머니 보고
고개를 갸우뚱했지만
나는 친구가 좋아 자리를 떴다

마을 어귀에 또 목련꽃 피면
쉼 없이 일만 하시던 어머니
며칠이고 일손을 놓으셨다
목련꽃이 봄비에 질 때까지
몇 번이고 나무 곁을 맴돌았다
해마다 목련나무는 커가고
어머니는 떠나간 아버지가 그리웠다

무심하게도 세월이 흘러

다시 목련꽃 피었을 때
어머니는 그 꽃을 쳐다보지도 않으셨다
옛날에는 어찌해서 그랬냐고 물으면
그냥 웃기만 하셨다
아들 손잡고 꽃구경 가자는 말에
마지못해 터벅터벅 따라나섰다

반문

어째서 너는 나를 이곳에 보냈느냐
평생을 함께한다고 했던
그 옛날의 약속은 잊어버렸느냐
어렵던 시절 너를 어떻게 키웠는데
왜 내가 여기에 있어야 하느냐
아들 하나 바라보고 살았거늘
참으로 어처구니가 없는 노릇이다
어미가 무엇을 잘못했기에 이토록
통탄할 일이 생긴단 말이냐
내가 벌어놓은 것 다 빼앗고
한마디 말도 물어보지 않고
나를 이곳에 가두어도 되는 것이냐
너무나도 억울하고 속이 상해
잠을 이룰 수가 없구나
이따위 요양원이 내가 한평생
살아온 것에 대한 보상이란 말이냐
아직도 할 일이 수없이 많은데
나를 가둬놓고 꼼짝 못 하게 할 셈이냐
어디 할 말이 있으면 해보아라

등

어느 조각가의 조각품인 양
어머니의 등은 둥그렇게 구부러졌다
사람의 등도 이처럼 볼록하게
휠 수가 있는 것일까
길을 가다가 마주치는 사람들은
연민의 눈길을 보내지만
나는 둥그렇게 늙으신 어머니가 좋다
걸어온 역경은 서글퍼도
둥글둥글하게 산 어머니의 인생이 정겹다
구부러진 등에 손을 대고
복덩어리 한 짐 지었다며
장난도 치고 농담도 한다
지팡이 짚고 겨우 걸으시다가
성당 가는 오르막길이 나타나면
등을 밀지 않는다고 야단이시다
나는 바가지 같은 등에 손을 대고
어머니를 밀어드린다
날아갈 것 같다고 좋아하신다

윤회

－엄마, 얼른 일어나세요

－아이, 추운데 왜 일어나라는 거야

－초가을에 춥기는요

　팬티가 젖었으니 갈아입어야지요

－내일 갈아입으면 되잖아

　꽤나 귀찮게 한다, 너는

－누가 귀찮게 한다고 그래요

　나 어렸을 때 생각 안 나요?

　목욕시켜주면서 얼마나 구박했는데요

－내가 언제 널 구박했다고 그래?

－목욕 안 한다고 마구 때렸잖아요

　암튼 빨리 일어나세요

　욕실에 가서 뒷물해야 돼요

－허리 아파 꼼짝 못 하겠구면

　너는 인정머리도 없구나

－맘대로 생각하시고요

　빨리 일어나 젖은 속옷 갈아입자고요

　맛있는 전복죽 사 왔으니까

몸을 깨끗이 씻어야 드시지요

—암튼 일어나기가 힘들기는 하다만

아범아, 그 전복죽 맛은 좋으냐?

벌초

삼촌은 일 년에 딱 두 번
치매 걸린 할머니 머리를 깎아드렸다
기억 속에 비추어진 할머니는
머릿결이 비단결처럼 고왔다
평생토록 흐트러진 모습을
식구들은 단 한 번도 보지 못했다
어느 날 정신줄을 내려놓고부터
오래된 습관들을 하나씩 던져버렸다
빈틈없이 살아온 날들 대신
헝클어진 일상을 즐기셨다
어떤 날은 웃음꽃을 뒤집어쓰기도 했고
또 어떤 날은 강아지풀을 꺾어
머리에 꽂으시기도 했다
한가위가 다가올 무렵이면
할머니 머리에는 무성한 망각 사이로
가을꽃이 듬성듬성 피어났다
삼촌은 명절 밑에 날 잡아서
할머니 머리를 짧게 깎아드렸다

황천길

가을 햇살이 제법 빛나는 오후
은행나무들은 온종일 어수선합니다
가로수길 저쪽으로
가을의 끝이 보였기 때문입니다
아직 떨어지지 않은 단풍잎들은
너도나도 마음이 급합니다
엊그제 휘몰아친 비바람에
홀홀 털고 떠났어야 했습니다
세상에 미련이 있었겠지만
미적거린 시간이 후회스럽습니다
이젠 고요한 바람만 스쳐가도
이때다 하고 나무에서 뛰어내립니다
죽음의 길도 함께 떠나면
훨씬 더 두렵지 않을 거라고
그래서 조급함에 서두르는 것입니다

정신대 훈 할머니의 기억

캄보디아의 오지에 끌려와
까마득한 세월 속에 묻혀버린 할머니는
아무것도 기억할 수 없다고 했다
시간과 공간의 큰 여울 넘어
찾으려고 모진 몸부림을 쳐도
한의 혼돈만이 마음속에 되살아날 뿐
고향과 말과 살아온 사람들의 추억이
그 오랜 세월의 덫에 걸려
조금도 되새길 수 없다고 했다
얼마나 큰 고뇌와 아픔이
그녀의 뇌리를 짓이겨놓았으면
제 이름조차도 잊고 살았을까
얼마나 기막힌 오욕이었으면
조국의 품을 지워버렸을까
사랑하는 사람들 모두를 망각했을까
마침내 남겨진 것들은
이어질 수 없는 고향의 파편들뿐
어머니, 할머니, 나무……

누구도 그녀의 기억을 이어줄 수는 없는 것일까
한 마디의 말과
한 조각의 희미한 추억만을 간직한 채
끌고 간 사람도 말이 없고
끌려간 사람도 침묵하는 먼 육십 년

유통기한이 남아 있었다

인적이 드문 읍내를 지나간다
석양이 물들어가는 저녁 무렵
배고프고 쓸쓸한 몸 견딜 수 없다
주위를 두리번거려보았지만
그 흔한 식당 하나 보이지 않는다
한참을 찾아 헤매고 있을 때
길가에 허름한 슈퍼가 눈에 띈다
서둘러 문을 열고 들어간다
조명이 침침한 내부가 들어왔고
꼬부랑 할머니가 평상에 앉아
밝은 웃음으로 나를 맞는다
할머니의 환대를 애써 외면한 채
빵이 있는 자리에 걸음을 멈춘다
고작 두서너 개만 진열되어 있다
그중 하나 집어 들고 계산하려다가
슬그머니 제조 날짜를 들여다본다
아직은 유통기한이 남아 있었다
할머니는 씨익 웃으며 돈을 받는다

개꿈

꿈자리가 뒤숭숭한 새벽
시골 친척 집에 내려가 계신 어머니
전화를 하셨다
간밤에 꿈이 뒤숭숭하다며
내 피곤한 잠을 깨우셨다
—아범아, 별일 없느냐?
—네, 엄마, 잘 지내고 있어요
—몸은 괜찮으냐?
—고단하지만 견딜 만해요
—애들은 학교에 잘 다니냐?
—열심히 다니고 있어요
어머니는 숱한 궁금증들을 열거하시고
—개꿈인가 보구나
전화를 뚝 끊으셨다
하루 종일 마음이 뒤숭숭하다

성 바오로 병원 근처

어머니가 마음이 아프신 후로
나는 달마다 성 바오로 병원을 오간다
어머니의 병을 안고 가노라면
근처 환락가를 지나야 할 때가 있다
아직도 서울에 이런 곳이 있었구나
혼자 중얼거리며 좁은 골목길로
천천히 차를 운전해 가고 있으면
굳이 보려고 하지 않아도 보이는
유리창 너머의 풍경들이 들어온다

문득 기억의 조각 하나가 튀어나왔다
한창 사랑에 몸살을 앓던 시절
짝사랑하던 후배와 버스를 타고
오팔팔을 지나간 적이 있었다
나는 온통 그녀에게 정신이 팔려 있었지만
그녀는 차창 밖으로만 눈길을 주며
홍등가에 드리워진 불빛이 아름답다고
연신 감탄사를 연발하는 거였다

내 머리는 몹시 혼란스러웠다

이제는 예전보다 초라하게 변했지만
아직도 그녀를 이해할 수 없는 골목들과
여전히 화장을 고치고 있는 아가씨들과
성 바오로 병원으로 병을 고치러 가는
한 무리의 사람들과 내 어머니와
흘끔흘끔 곁눈질이 좋은 속마음과
할 일 없이 서성거리는 늙은 여자들과
밤이면 더 요란스러울 홍등 풍경과
끝 모를 슬픔들이 마구마구 몰려왔다

매듭

어머니는 늘 내게 말씀하셨다
어떤 물건이든 묶어둘 때는
풀 수 없게 옹쳐매지 말거라
어린 나를 가르치며 하시는 말씀이
영원히 끝맺을 일은 없느니라
지금은 마음이 상해 끝을 보려 해도
언젠가는 풀어야 할 날이 있으리니
그때를 생각하며 살아라 하셨다
세상일이란 아무도 모르는 거라고
어떤 상황도 장담하지 말라고 하셨다
매듭 없이 끝을 내고 싶은 일도
훗날 다시 들춰낼 순간이 오리니
그때 쉽게 풀 수 있도록 묶으라고
잔소리처럼 언제나 말씀하셨다
늘 그 말씀을 허투루 듣던 나는
돌아서면 내 모든 일상을 옹쳐맸다

봄나물

팔순을 훌쩍 넘기신 어머니
봄볕 따스운 마당에 쪼그리고 앉아
시를 다듬으신다
텃밭에서 한 소쿠리 담아 온
싯감들을 수북하게 쏟아놓고
파릇파릇한 시어들을 고르신다
오락가락하는 정신 줄 다잡으며
풋풋한 상징들을 가려내신다
어머니의 시작을 방해할까 봐 나는
오후 내내 봄 언덕으로 마실 간다
오늘 저녁엔 어머니가 지으신
시편들이 사뭇 기다려진다

고려장

—아범아, 지금 가는 곳이 어디더냐?
—또 금방 잊으셨어요?
  벌써 열 번은 말씀 드렸는데요
—그랬냐? 듣고 돌아서면 잊어버리니
  암튼 쌩쌩 달리는 고속도로가 좋구나
—네, 어머니, 마음 가볍게 가세요
  천국이 따로 없다고 소문난 곳이에요
—그런 곳이 세상에 있었더냐?
—그럼요, 설립자가 자선사업가래요
  식사 때마다 맛난 것 주고
  도우미 아줌마들이 시중도 들어주고
  집보다 훨씬 편안하다네요
—좋은 곳이라니 어서 가고 싶구나
—결코 후회하지 않으실 거예요
  자식이란 게 있어도 다 헛거예요
  저마다 바쁘다는 핑계만 대고
—나도 눈치 하나는 뻔하단다
  조금이라도 정신 있을 때 떠나야지

어미 걱정 너무 하지 말고
이 세상 열심히 살도록 해라
집에 들어앉아 애물단지 되기보다
몇 배 더 나을 듯하구나
어여어여 지상낙원으로 가자꾸나

생의 애환을 넘어 시적 환멸로

백인덕

1.

일상을 시로 변용하는 데 있어 가장 중요한 것은 대상의 선택이 아니라 관계 맺음이다. 신중하게 선택한 대상이 그 자체로 의미를 생성하고 인식의 지평을 넓히거나 깊게 할 수 있다는 믿음은 그 유효가 소멸했다. 현대 개인의 일반적 경험의 층위와 폭은 쉽게 짐작할 수 없을 정도로 확장되었고 상호 교환의 방식마저 중층, 복합적으로 변했다. 다시 말해 특정 사물이나 정황이 그 자체로 환기하는 의미는 의도와는 달리 대부분 특별하다기보다는 평범한 통과 지점이 되고 말았다.

이기헌 시인의 고민은 세 번째 시집을 묶으면서 앞세운 「시인의 말」에서 오롯이 드러난다. "내 작품의 평범성이 나를 힘들게 했다"는 감정적 해석과 그러나 "비록 시가 못나고 투박할지라도/머뭇거리지 말고 떠나보내야 한다"는 인식적 판단이 공존한다. 경험은 인식(episteme)을 지향해야 하고, 시인은 그 인식을 계기 (momentum)로 전환해야만 한다. 즉 시적 계기는 경험의 수량이나 특별함에 의거하지 않고 주체와 대상의 관계 맺기 방식의 변화로 균열하는 인식의 불안정에서 비롯한다.

> 눈을 치운다
> 도시 골목길에 내린 눈을 치운다
> 쓰레기 더미 위에 밤새도록 내린
> 눈을 치운다
>
> 지저분한 욕망을 다 덮어버리겠다고
> 밤사이 몰래 내린 눈을
> 아침나절에 가차 없이 치운다
> 알 수 없는 공명심에 사로잡혀
> 도시를 몽땅 표백시키겠다는
> 그 어떤 생각을 깨끗이 지운다
>
> 시커먼 마음으로 하얗게 웃고 있는
> 눈을 치운다
>
> —「눈을 치우며」 전문

누구나 안다, 현대인으로서 생활의 불가피한 조건인 도시의 속성을. 또한 '도시화'가 외부 환경만이 아니라 개인의 내면, 즉 '가치와 욕망'을 추동하는 방식을 바꾸어버렸다는 것을. 어쩌면 그렇기에 '눈'은 자연이 아직도 조건 없이 선사하는 은총이거나 치유의 징후처럼 쉽게 받아들여지는 것인지도 모른다. 하지만 생생한 현실로 눈을 대해야 하는 자세는 다르다. "도시 골목길"에 "쓰레기 더미 위에 밤새도록 내린" 것을 치워야만 한다. 그것은 시각적 효과가 사라지고 나면 부패와 위험을 오히려 끈끈하게 접착하기 때문이다. '치운다'는 이 행위는 '눈' 일반에 대해 품게 되는 여러 정감을 정면에서 위반한다. 밤새 소복하게 내려 쓰레기 더미와 골목길과 도시의 온갖 토사물을 하얗게 덮고 있는 눈은 사실 평등이거나 화해의 표상이기보다 곧 드러나고야 말 추악한 현실의 위장(僞裝)에 가깝다. 시인은 여기에 생각이 닿아 아침나절의 가차없는 비질로 "눈을 치운다." 더불어 "알 수 없는 공명심"도 깨끗하게 쓸어버리고자 한다. 눈에서 비롯하지만 그 속성을 다시 읽고, 도시(생존 현장)에 드리워진 온갖 허위에 대해 발언할 수 있다는 것, 이런 자세가 일상을 시로 변용한다.

먼저 '도시'라는 공간 범주를 호명 했지만, 현대의 도시는 '일상'과 완벽하게 등가가 된다. 그 이름이 품고 있는 현상들의 다양성과 복잡성도 그렇지만 외형상 개별적으로 넓게 흩뿌려져 있는 것 같은 사건들도 몇 개의 원리와 특성으로 환원할 수 있기 때문이다.

나는 사람의 탈을 벗어버리고
부지런한 일개미로 변신한다
그 낯선 오솔길을 따라
조심스럽게 왕국으로 들어간다
눈앞에 활짝 펼쳐진 개미 나라,
일개미들은 끊임없이 일만 하고

여왕을 위한 역정은 끝이 없다
노동에 지친 개미들이 병들어 쓰러지면
청소개미들이 어디론가 실어 간다
그래도 여기는 할 일이 있어 좋다
—「개미굴로 출근하다」 부분

　주지의 사실이지만, 우리의 일상을 지배하는 원리는 '단순, 자동, 반복'이다. 현대는 주체적 사유에 기반하여 자기 결정권을 가진 주체들의 대등한 계약에 의해 성립한 공동체라는 의미는 특정 계급이나 순수하게 사유의 영역에 국한된 명제로 부분적으로 참일 뿐이다. 생생한 현실로서 생활은 그런 명제와는 무관하게 우리의 행동과 사고의 원리와 방법을 지시하고 강제한다. 아침마다 소위 '출근'을 감행하는 시인은 딱히 갈 곳도 할 일도 없다. 어느 날 자동적으로 출입하던 지하철역 입구에서 낯선 행렬을 만난다. 일사불란하게 움직이는 개미 떼를 본 것이다. 그들의 열정(?)에 이끌려 "나는 사람의 탈을 벗어버리고/부지런한 일개미로 변신"하고 만다. 이 변신은 비극적이기보다는 아이러니에 가깝다. "그래도 여기는 할 일이 있어 좋다"라는 진술은 언표 그대로뿐만 아니라 '노동 ＝ 자기실현'이라고 구성원을 세뇌하고 있는 인간 사회에서도 반어로 작용한다. 시인은 그것이 단지 "여왕을 위한 역정"에 지나지 않는다는 것(즉, 개미에게는 군집의 영속, 인간에게는 공동체의 확대 재생산)을 잘 알고 있다. 왜냐하면 시인은 개미가 아니고 "사람의 탈"을 잠시 벗은 것이기 때문이다. 또한 "날이 저물어 집이 그리워지면/여왕의 애장품 하나 슬쩍/품에 감추고 굴 속을 빠져나"

올 수도 있기 때문이다. 결국 시인은 본래 거기의 구성원이 아니고 다른 차원, 다른 지향에 속하고자 하는 열망을 꺼버리지 않았기에 잠시의 만족은 비극적인 일탈이 되지 않는다.

2.

이기헌 시인에게 있어 일상의 폭압은 그 구성 원리가 시인의 행위를 구속하거나 행위의 의도와는 상반한 결과가 빚어지는 데서 직접적으로 드러나지는 않는다. 오히려 그냥 지나쳤으면 끝내 무관할 수밖에 없는 사물과 사태에 시인이 시선을 돌림으로써, 또한 관찰을 통한 발견에 의해서 전면화한다는 특징을 갖고 있다.

> 길모퉁이 허름한 밥집에 들어가서
> 때늦은 점심식사를 한다
> 한참을 정신없이 먹고 있는데
> 발이 불구인 비둘기 한 마리가
> 입구에서 식당 안을 기웃거린다
> —「절뚝발이 비둘기」 부분

> 틈만 나면 조심하라 다독였는데
> 새끼 한 마리가 로드킬을 당한 뒤로
> 어미는 부쩍 어깨에 힘이 빠졌다
> 애처로움에 손을 내밀어보지만
> 눈길 한 번 주지도 않고

잽싸게 자동차 밑으로 숨는다

　　　　　　　　　　　　—「고달픈 어미 고양이」 부분

　도시, 일상, 주체, 생활과 같은 어휘들을 나열하면 우리는 은연 중에 마치 우리가 진공 상태에 갇힌 어떤 개별 존재인 것처럼 착각하게 되는 경향이 있다. 그러나 잠깐의 날숨에도 곧바로 우리는 여러 현상, 특히 생명 현상과 비대칭, 비위계적으로 얽혀 있고 어쩌면 그것이 현존의 진정한 근거임을 깨닫게 된다.

　앞의 인용 시에서 "때늦은 점심식사"야말로 "한참을 정신없이" 집중해야 할 나의 생활의 중요한 일부일 것이다. 그런데 자꾸 식당 안을 기웃거리는 "발이 불구인 비둘기 한 마리"에게 신경이 간다. 어떤 감정이입이나 의미 부여 이전에 비둘기는 시인의 세계에 틈입하고 만다. 마찬가지로 시장 골목의 길고양이는 여러 마리의 새끼를 출산했기에 아니 그 사실 때문에 시인의 일상 속에 관찰의 대상으로 위상이 변한다. 이 위상 변화가 의미하는 것은 시인의 인식이 경험에 달려 있다기보다는 현재의 상황에 대한 자기 이해에서 비롯한다는 점을 보여준다. 그렇기 때문에 발가락이 잘린 비둘기와 새끼가 로드킬 당한 어미 고양이는 시인 자신의 변신이거나 치환물이 아닐지라도 충분히 자기 성찰의 시적 계기로 작용한다.

　나아가 주방에서 등장하는 "왼다리가 불편한/찬모 할머니"는 나의 손길을 피해 자동차 밑으로 숨는 고양이의 '숙명'과 결합해 시인의 발견을 시적 계기로 형성한다. 이처럼 삶의 현장을 주인처럼 행세하지도 못하지만 끝내 떠나지 못하고 기웃대는 존재들의 발견은 끝내 시인 자신의 성찰적 고백으로 이어진다.

나는 늘 떠나는 일이 두려웠다
다가와서는 금세 떠났어야 할 순간을
오래도록 놓치고 살아왔다
떠나간다는 것이 마치 삶의 끝인 양
한곳에 오래도록 머물러 있었다

—「버스 정류장에서」 부분

사실은 이렇다. "어둠이 내릴 때까지 정류장에서/내 영혼에 설
버스를 기다렸다/간절한 바람이 가슴속에 있었지만/혁명은 일어
나지 않았"기에 "나는 늘 떠나는 일이 두려웠다"라고 뒤늦은 고백
은 앞에 세운다. 그러나 우리는 알고 있다. 혁명이 반혁명이 되는
이유는 초심(初心)을 잃거나 순수한 열정이 변질되기보다는 혁명
이 일상이 되어버렸을 때 자주 일어나는 결과임을. 그러나 시인
은 어둠에 사로잡힌 버스 정류장에 그저 머물기만 하는 것은 아
니다. 시인은 다른 작품에서 "외로움에 지그시 눈을 감으면/허한
가슴 살며시 고개 숙이고/몸끼리 부딪치는 사람들 사이에서/홀로
행복에 젖은 시인인들 어떠랴/그리움이 조금씩 가까이 와도/내게
는 종착역이 존재하지 않는다."('당고개행 열차를 탄다)고 선언한다.
나는 시인의 삶이 어떤 굴곡을 건너 오늘에 이르렀는지 알지 못
한다. 작고 여린 것들이나 오래되고 낡은 것들에 친밀감과 친숙
함을 드러내는 것이 시인의 본래 기질인지 시적 특성인지도 뚜렷
이 구분할 수 없다. 하지만 작품, 「티라노 타워」「박쥐」「1999」 등

을 통해 겨우 유추할 수는 있다. 그 절망감이나 극복의 의지 등을 헤아리고 추측하는 것은 이 글의 본령을 벗어나는 것이기에 독자들의 애정 어린 독서와 깊은 상상에 맡기기로 한다.

　누구나 다 그런 것은 아니지만, 시간이 주는 최고의 미덕은 겸손이 지혜와 동의어라는 것을 알게 해준다는 것이다. 단순화시켜 보면 애환(哀歡)의 연속에 지나지 않을 뿐인데, 슬픈 일을 헤고 기뻤던 일을 끊임없이 반추(反芻)하는 것은 결코 '우공이산(愚公移山)'이 되지 못한다.

　　　　노송의 다비식에
　　　　소쩍새는 초대하지 마라
　　　　소문 듣고 기어이 참석하거든
　　　　결단코 소쩍새는 울지 못하게 하라

　　　　연기가 되어 사라지는
　　　　헛된 일생을 뒤돌아보지 말지니
　　　　구름 한 점 없는 하늘에
　　　　덧없이 흩어져가는 찰나를
　　　　굳이 붙잡으려 애쓰지 마라

　　　　평생을 함께 거닐던 친구도
　　　　때 되면 이내 떠나가버리고
　　　　남김없이 타들어가는 혼불에
　　　　눈물 한 줄 섞는다 해도 저승길은 외롭다

　　　　한 번은 타올라야 하는 이생이니

원 없이 불타버리게 하라

　　　　　　　　　　　　　—「노송의 다비식」 전문

　시인은 이런 심정을 "노송의 다비식"에 빗대어 굵직한 어조로
토로한다. 하릴없이 우는 '소쩍새' 따위는 부르지도 말라고 한다.
기어이 찾아오더라도 "결단코 소쩍새는 울지 못하게 하라"고 당
부한다. 장엄한 거사(擧事)로 변질하는 것이 바로 그런 값싼 감정
토로임을 시인은 이미 잘 알고 있는 것이다. "한 번은 타올라야 하
는 이생이니/원 없이 불타버리게 하라"고 일갈(一喝) 한다. 그러나
이 일종의 과장은 '소멸의 시간'과 '기도'를 전제하지 않는다면 말
그대로 공염불이기 십상이다. 시인은 오랜 '소멸의 시간'을 견딘
후, 상처 입은 여린 존재들이 함께 모여 서로의 버팀목으로 함께
성장하는 '나무 고아원'도 돌아보고, 내일을 기약할 수 없는 할머
니들의 가을 친목회' 이야기도 듣고 드디어 생의 애환은 끊어지
거나 소멸하는 것이 아니라 어쩌면 존재에서 다시 존재에게로 이
어지는 생기(生氣)의 사슬과 같은 이름임을 깨닫는다.

3.

　이기헌 시인의 이번 시집은 크게 '여기-지금' 삶의 애환의 소용
돌이 속에서 인연의 얽히고 맺힘을 생기로 전환하는 '나'와 시간
의 속성과는 무관하게 이미 시적 환멸(還滅)의 경지, 아픔과 슬픔
을 초월해 존재하는 '어머니'라는 두 축을 중심으로 구성되었다.
　거칠게 살폈지만, 시인이 일상을 일탈(일탈은 잠시간의 휴식이나 여

가를 의미하지 않는다. 그것은 정상에서의 탈락이란 의미로 존재의 근거를 위협
한다.)로 몰아가지 않으면서도 자기성찰과 갱신에의 의지를 드러
낸다.

해남에서 온 채소를 다듬다가
잎사귀 사이로 웃으며 걸어 나오는
달팽이 한 마리를 만났다
깜짝 놀라 일손을 멈추었지만
조금은 귀여운 몸짓에 안도하며
나 또한 눈웃음으로 화답했다
제 몸보다 큰 배낭을 짊어 메고
조심스럽게 내 앞으로 다가와
도시를 유랑 중이라며 일박을 청했다
나는 배낭 속 소지품이 궁금했지만
달팽이는 끝내 보여주지 않았다
하루하루 지루하던 식당이
배낭 멘 여행객으로 생기가 돌았다
농수산물 시장을 둘러보고
싱싱마트를 경유해 왔다는 달팽이는
주방 구석에 마련된 숙소에서
하루의 고단한 여정을 마무리했다
다음 날 출근한 나는 여행객에게
며칠 더 머물다 가라고 요청했다
그러나 벌써 또 다른 여행지로
떠나갈 준비를 하고 있었다
도시의 개천을 둘러보고 싶다고

넌지시 도움의 손길도 내밀었다
주방 아줌마가 챙겨준 간식거리를
비밀의 배낭에 꼼꼼히 챙긴 다음
식구들과 작별 인사를 나누었다
나는 개천까지 잘 배웅해주었다
　　　　　　　　　　—「유랑하는 달팽이」 전문

그렇지 않은가, 달팽이가 자기가 교통편을 골라 어느 지점에서 타고 내렸을 리가 만무하다. 시인과 달팽이의 만남은 순전히 우연일 뿐이고, 게다가 달팽이의 의사가 관찰된 행위일 가능성은 전혀 없다. 그러나 시인은 '해남'에서 온 달팽이를 '유랑객'으로 흔쾌히 맞는다. 심지어는 그의 이전 행보(해남 → 농수산시장 → 싱싱마트 → 식당)까지 훤히 꿰뚫고 있다. 그 만남은 "개천까지 잘 배웅해주"는 것으로 끝난다.

이 작품이 중요한 이유는 시인이 형상화한 상황과 정반대로 달팽이가 자유롭게 유랑하는 존재이기 때문이 아니다. 그보다 시인의 열망이 오히려 자기 존재(시인은 '배낭'이라 의인화했지만)의 표지를 걸어멘(그것은 '짐'의 이미지가 아닌가?) 존재 앞에서 부드럽고 환하게 열리고 있다는 점이다. 즉 시인은 굳이 행위가 아니라 다른 층위에서 삶의 애환을 상쇄하거나 초월하는 방식을 인식 이후의 방편으로 남겨 두고 있었다는 점이 드러난다.

이번 시집의 4부는 '어머니 대서사'라 칭해도 무방할 만큼 시인의 모친의 면모, 그것이 표상하는 모성과 생기의 역동이 잘 그려져 있다. 여기에는 모든 어머니라고 해선 안 되는 '울 엄마', 요양원 가라는 말에 죽어라 손사래 치던, 또는 "마을 어귀에 또 목련꽃 피면/쉼 없이 일만 하시던 어머니/며칠이고 일손을 놓으셨다/목련꽃이 봄비에 질 때까지/몇 번이고 나무 곁을 맴돌았다"(「목련꽃 피면」)는 청상(靑孀)의 엄마가 있을 뿐이다. 아니다. 시인에게는 "팔순을 훌쩍 넘기신 어머니/봄볕 따스운 마당에 쪼그리고 앉아/시를 다듬으신"(「봄나물」) 그 어머니가 계셨다. "오락가락하는 정신 줄다잡으며/풋풋한 상징들을 가려내신" 어머니를 두었으니 시인은 분명 시작(詩作)의 끈을 놓지 못할 것이다.

그리고 또 하나, 생과 시를 숱한 애환에서 자기 갱신으로 이끌어 줄 계기. 지혜가 남아 있다. 그 말씀이 정정히 살아 있다.

어머니는 늘 내게 말씀하셨다
어떤 물건이든 묶어둘 때는
풀 수 없게 옹쳐매지 말거라
어린 나를 가르치며 하시는 말씀이
영원히 끝맺을 일은 없느니라
지금은 마음이 상해 끝을 보려 해도
언젠가는 풀어야 할 날이 있으리니
그때를 생각하며 살아라 하셨다
세상일이란 아무도 모르는 거라고
어떤 상황도 장담하지 말라고 하셨다
매듭 없이 끝을 내고 싶은 일도
훗날 다시 들춰낼 순간이 오리니
그때 쉽게 풀 수 있도록 묶으라고
잔소리처럼 언제나 말씀하셨다

늘 그 말씀을 허투루 듣던 나는
돌아서면 내 모든 일상을 옹쳐맸다

—「매듭」 전문

이기헌 시인은 "늘 그 말씀 허투루 듣던 나는/돌아서면 내 모든
일상을 옹쳐맸다"고 하지만 이는 또한 과장이고 반어이다. 그 말
씀을 생생하게 여기 되살아나게 한 것만으로 시인의 충실성과 진
정함은 반증되고도 남는다.

白寅德 | 시인

푸른사상 시선 130

유랑하는 달팽이